부자 영감이 집에서 일할
새 머슴을 찾아내고는 한 시름을 놓았어요.
아이 돌보는 머슴은 느긋한 느린둥둥이,
말 모는 머슴은 발 빠른 벼락팽팽이,
물건 사 오는 머슴은 약삭빠른 약은살살이.
새 머슴들이 모두 일을 잘하겠지요?

추천 감수_ 김병규
대구교육대학을 졸업하고 한국일보 신춘문예에 동화가, 중앙일보 신춘문예에 희곡이 당선되면서 작품 활동을 시작했습니다. 대한민국문학상, 소천아동문학상, 해강아동문학상 등을 수상했으며, 현재 소년한국일보 편집국장으로 재직 중입니다. 쓴 책으로 〈나무는 왜 겨울에 옷을 벗는가〉, 〈푸렁별에서 온 손님〉, 〈그림 속의 파란 단추〉 등이 있습니다.

추천 감수_ 배익천
경북 영양에서 태어났습니다. 1974년 한국일보 신춘문예에 동화가 당선되었고, 〈마음을 찍는 발자국〉, 〈눈사람의 휘파람〉, 〈냉이꽃〉, 〈은빛 날개의 가슴〉 등의 동화집을 펴냈습니다. 한국아동문학상, 대한민국문학상, 세종아동문학상 등을 받았으며, 현재 부산 MBC에서 발행하는 〈어린이문예〉 편집주간으로 일하고 있습니다.

글 _ 김기린
서울예술대학 문예창작학과를 졸업하고 출판사에서 어린이 책을 만들었습니다. 지금은 창작 그림책을 비롯하여 과학, 역사 등 다양한 분야에 걸쳐 글을 쓰고 있습니다. 작품으로 〈세상에서 가장 큰 지혜를 주는 동화〉, 〈늑대가 나타났다!〉, 〈지구가 화났어요〉 등이 있습니다.

그림 _ 이유나
대학에서 서양화를 배우고 현재 어린이 책에 그림을 그리고 있습니다. 작품으로 〈신라, 한반도의 중심에 서다〉, 〈손에 잡히는 사회 교과서 – 법과 사회〉, 〈생각쟁이들은 어떻게 생각했을까〉, 〈지도 그림책-세계 편〉, 〈안데르센〉, 〈레오나르도 다빈치의 세상을 담은 비밀 노트〉 등이 있습니다.

말랑말랑 우리전래동화

48 웃음과 풍자

느린둥둥이, 벼락팽팽이, 약은살살이

발 행 인 박희철
발 행 처 한국헤밍웨이
출판등록 제406-2013-000056호
주   소 경기도 성남시 분당구 금곡동 444-148
대표전화 031-715-7722
팩   스 031-786-1100
편   집 이영혜, 이승희, 최부옥, 김지균, 송정호
디 자 인 조수진, 우지영, 성지현, 선우소연
사진제공 이미지클릭, 연합포토, 중앙포토

느린둥둥이, 벼락팽팽이, 얍은살살이

글 김기린 그림 이유나

한국헤밍웨이

옛날 옛날에 머슴을 많이 둔 부자 영감이 살았어.
으리으리한 기와집에 가족들도 많으니
일할 머슴이 아주 많이 필요했지.
부자 영감은 날마다
일할 머슴을 찾으러 다녔어.

그런데 부자 영감은 성질이 깐깐해서
머슴이 하는 일마다 툭툭 끼어들어 잔소리를 해.
말 끄는 머슴이 느릿느릿하면,
"이놈아, 빨리 안 가고 뭐 해?"

말이 안 따라오는데요.

심부름하는 머슴이
물건을 비싸게 주고 사 오면,
"이놈아, 값 흥정도 못 하느냐?"

값을 깎은 거예요.

8

아이 돌보는 머슴이 아이를 야단치면,
"이놈아, 아이들은 느긋하게 다루어야지.
너는 안 되겠으니 당장 나가거라."

어휴,
이제 어디서
일을 하나?

머슴을 쫓아내고, 새로 찾고, 또 쫓아내고,
새로 찾는 일이 계속되었지.
그러던 어느 날, 영감은 장터에 갔다가
씨름판을 지나게 되었어.

그런데 갑자기 사내아이가 달려와서
구경하는 한 남자에게 외쳤어.
"아버지, 큰일 났어요. 집에 불이 났어요!"
그런데 남자는 팔짱을 끼고
눈 하나 깜짝하지 않네.
"얘야, 기다려라. 씨름이 끝나야지."

11

사람들이 거들고 나섰어.
"이 사람아, 어서 가서 불부터 끄게."
그래도 이 느림보는 꿈쩍을 않네.
"상관 말게. 씨름 끝나면 가서 불을 끌 테니."
그 말을 들은 부자 영감이 방긋 웃었어.
'그래. 저렇게 느긋하면 아이를 잘 볼 거야.'
부자 영감이 남자에게 다가가 말했어.
"자네, 우리 아이 보는 머슴으로 일해 보게."

13

하하하

하하하

14

부자 영감은 남자에게 '느린둥둥이' 라는 이름을 지어 주었어.
느린둥둥이는 아이를 돌보며 화 한 번 내지 않았어.
아이들이 와장창 장독을 깨도
'아함!' 하품만 늘어지게 하고,
아이들이 달려들어 수염을 잡아당겨도
'허허허!' 너털웃음만 짓는 거야.
"하하, 드디어 딱 맞는 머슴을 찾았어!"

며칠 뒤, 부자 영감은 장터 주막에서
국밥을 떠먹고 있었어.
한 숟가락 넘기고 냠냠 씹으려 할 때,
갑자기 누군가 먼지를 풀풀 일으키며 뛰어 들어왔어.
"얼른 여기 국밥 한 그릇!"
부자 영감이 씹던 걸 꿀꺽 넘기기도 전에 또,
"국밥 달랬더니 뭐 하고 있소?"
얼마나 급한지 자꾸 재촉을 하는 거야.

'허 참, 성미 한번 급하네.'
부자 영감이 또 한 숟가락 들려는데
남자가 주인장에게 화를 버럭!
"에잇, 느려서 안 되겠군. 여기서 못 먹겠다!"
그러고는 휑하니 가 버리는 거야.

'하하, 말 끄는 머슴으로 쓰면 딱 맞겠군.'
부자 영감은 서둘러 뒤쫓아 갔어.
얼마나 빠른지 벌써 고개 아래까지 가 있네.
"이보게, 자네 우리 집 말 끄는 머슴으로 일해 보게."

19

부자 영감은 남자에게 '벼락팽팽이' 라고
이름 지어 주고, 말 끄는 일을 맡겼어.
벼락팽팽이는 잠시도 쉬지 않고 말을 몰았지.

이랴, 이랴!
말아, 어서 달리지 못할까!

말고삐를 힘껏 잡아당기고,
채찍으로 때리고, 살살 얼래서
멀고 먼 길을 눈 깜짝할 새 달려갔지.
"하하, 드디어 딱 맞는 머슴을 찾았어!"

21

얼마 뒤, 부자 영감이 또 장터에 나갔어.
그런데 웬 사내가 가게 주인에게
커다란 병을 내미는 거야.
"이 병에 참기름을 가득 넣어 주오."
주인이 참기름을 가득 넣어 주니,
"아 참, 간장을 사야 하는데,
참기름은 비우고 간장을 넣어 주오."
주인이 간장을 가득 넣어 주자 또,
"아 참, 간장도 샀었지. 다 비워 주오."

'허허, 참 약았네. 약았어.
공짜로 참기름과 간장을 묻혀 가네.
심부름하는 머슴으로 삼으면 되겠어.'
부자 영감은 얼른 따라가서
살살 구슬렸어.
"자네, 우리 집에 와서 심부름 좀 하게.
자네가 하면 살림이 금방 늘겠어."

"꾀라면 저를 당할 수 없죠.
대신 품삯이나 넉넉하게 주세요."
"좋아! 자네를
'약은살살이' 라고 부르지."

25

부자 영감은 머슴들을 흐뭇하게 바라보았어.
'이제 제대로 일하는 머슴들을 골랐어.'
영감은 벼락팽팽이를 불러 산 너머 마을로 가자고 했지.
"벼락팽팽이야, 빨리 가자꾸나."
"걱정 마세요."

벼락팽팽이는 말고삐를 잡고 후닥닥 달렸어.
강이 나타나자, 한 손에는 말고삐를 쥐고,
영감을 어깨에 태우는 거야.
"이렇게 하면 옷이 젖지 않을 겁니다."

영감은 기분이 좋아서 껄껄 웃었어.

"집에 돌아가면 내가 돈을 더 올려 주지."

그러자 벼락팽팽이가 벼락같이 허리를 꾸벅.

"아이고, 감사합니다!"

그 바람에 영감이 떨어져서 물에 풍덩 빠지고 말았어.

"어푸어푸, 어서 날 꺼내 줘."

영감은 홀딱 젖어서 집으로 돌아왔어.
느린둥둥이는 쿨쿨 자고 있었지.
그런데 막내 아이가 안 보이는 거야.
"이놈아, 막내는 어디에 있느냐?"
느린둥둥이가 눈을 뜨더니 느릿느릿 말했어.
"아까 우물에 빠지는 걸 보긴 했는데……"

29

깜짝 놀란 영감이 우물로 달려가서
발을 동동 구르며 외쳤지.
"벼락팽팽이야, 어서 아이를 건져 오너라."
벼락팽팽이는 재빨리 우물 속에서 막내를 건져 올렸어.
막내는 숨을 겨우 할딱할딱 쉬고 있었지.

영감이 두리번두리번 약은살살이를 찾았어.
"이놈이 어디로 간 거야?
의원에게 보내어 싼값에 치료해 달라고 해야 하는데!"

그때 약은살살이가 궤짝 두 개를 메고 왔어.
"이놈아, 그건 뭐냐?"
"뭐긴요. 죽은 사람을 넣는 관이지요.
막내 도련님이 잘못되면 필요할 것 같아 사 왔지요.
영감님이 놀라 쓰러질까 봐 하나 더 얻었답니다."
"아이고, 다 내 탓이로다!"
부자 영감은 털썩 주저앉고 말았대.

쿵!

33

느린둥둥이, 벼락팽팽이, 약은살살이 작품해설

〈느린둥둥이, 벼락팽팽이, 약은살살이〉는 늘 남을 못마땅하게 여기는 부자 영감에 관한 이야기입니다. 부자 영감은 말 끄는 머슴이 느릿느릿 움직이면 빨리 좀 가라 하고, 심부름하는 머슴이 물건을 사 오면 비싸게 샀다고 하고, 아이 돌보는 머슴이 아이를 야단치면 아이를 느긋하게 다루라고 잔소리합니다. 그러다가 맘에 안 든다며 모두 쫓아내 버리지요.

그러던 어느 날 자기 집에 불이 났는데도 느긋하게 움직이는 느린둥 둥이를 만나 아이 돌보는 머슴으로 삼았어요. 그리고 또 성미 급한 벼락팽팽이를 만나 말 끄는 머슴으로 삼았지요. 또 꾀를 내어 물건을 알뜰하게 얻어 내는 약은살살이를 만나 심부름하는 머슴으로 삼았어요. 이렇게 적당한 인물들을 모았으니 이제 부자 영감은 남에게 불만 없이 살까요?

어느 날, 부자 영감은 벼락팽팽이와 함께 이웃 마을에 가다가 강을 건너게 됩니다. 벼락팽팽이가 어깨에 부자 영감을 태우고 강을 건너는데 부자 영감이 칭찬을 합니다. 그러자 벼락팽팽이가 벼락같이 고개를 숙여 인사하는 바람에 부자 영감은 강물에 빠지고 맙니다. 집으로 돌아와 보니 느린둥둥이가 쿨쿨 잠을 자고 있습니다. 막내 아이가 어디 갔느냐고 물으니 아까 우물에 빠지는 걸 보았다고 느긋하게 말합니다. 깜짝 놀란 영감은 벼락팽팽이를 시켜서 우물에서 아이를 건져 냅니다. 부자 영감이 약은살살이를 의원에게 보내려 하니 약은살살이가 벌써 관을 사 가지고 왔다고 해요. 아이가 죽으면 영감님도 놀라 쓰러질까 봐 두 개를 사 왔다고 하지요. 이 일을 겪은 부자 영감은 모든 것은 자기 탓이라고 소리치며 털썩 주저앉고 맙니다.

세상 모든 사람들에게는 저마다의 성격이 있기 마련입니다. 그리고 그 성격은 상대에 따라, 혹은 상황에 따라 시시때때로 변화하기도 하지요. 어느 한 가지 면만을 보고 사람을 판단하면 일을 그르칠 수도 있다는 것을 잘 말해 주는 이야기입니다.

꼭 알아야 할 작품 속 우리 문화

장터

물건을 사거나 파는 곳으로, 요즘에는 시장이라는 말을 더 많이 써요. 옛날에는 물건을 파는 상인들이 모여 있는 곳을 가리켰지만 요즘에는 장소와 상관없이 물건을 사고파는 곳이면 어디든 시장이라고 불러요.

씨름

두 사람이 샅바나 띠를 넓적다리에 걸고 서로 먼저 넘어뜨려서 승부를 가르는 운동 경기예요. 옛 조상들은 음력 5월 5일 단오절이나 7월 보름 백중날, 그리고 8월 한가윗날에 씨름 경기를 했어요. 여기서 우승한 장사에게는 부상으로 황소 한 마리를 주는 풍습이 있었어요.

주막

술과 밥을 팔고 잠자리를 제공해 주는 곳이에요. 옛날 주막은 나루터, 장터같이 나그네들이 많이 오가는 곳에 있었어요. 주막의 여주인을 '주모' 라고 불렀고 시중드는 남자아이를 '중노미' 라 불렀어요. 서울에 과거 시험을 보러 갈 때면 주막에서 하룻밤을 묵는 장면이 옛이야기에 많이 나와요.

말랑말랑 우리 문화 이야기

이 이야기에 나오는 머슴들은 저마다 하는 일이 달라요. 조선 시대 사람들은 신분에 따라 하는 일이 달랐어요. 어떻게 달랐는지 알아보아요.

벼슬에 오른 양반

양반은 과거 시험에 합격하면 벼슬을 가질 수 있었어요. 고을의 사또 같은 지방 관리가 되거나, 궁궐에 들어가서 임금과 나랏일을 의논하는 높은 관리가 되었답니다.

에헴, 임금님을 뵈러 갑시다!

말씀 드릴 것도 없는데 왜요?

훈장님은 지금의 선생님

고을마다 있는 서당에서 훈장님이 아이들에게 글공부를 가르쳤어요. 훈장님은 벼슬을 하지 않는 양반으로, 책을 많이 읽어 아는 것이 많았어요.

하늘 천, 땅 지!

중국 말을 잘했던 역관

옛날에도 다른 나라의 말을 잘하던 사람이 있었어요. 중국 말, 일본 말 등을 잘하는 사람은 역관이 될 수 있었어요. 역관은 사신을 따라 다른 나라에 가거나 우리나라에 온 다른 나라의 사신을 맞아 통역을 해 주었어요.

뭐라고 하나?

배고프다는데요.